THiLO

Wir wollen ins Finale!

Eules galaktischer Moment

THiLO

WIR WOLLEN INS FINALE!

Eules galaktischer Moment

Band 4

Mit Illustrationen von Jürgen Rieckhoff

Ravensburger Buchverlag

Bibliografische Information der Deutschen Nationalbibliothek:

Die Deutsche Nationalbibliothek verzeichnet diese Publikation in der Deutschen Nationalbibliografie. Detaillierte bibliografische Daten sind im Internet über *http://dnb.d-nb.de* abrufbar.

MIX
Aus verantwortungsvollen Quellen
FSC® C114500
FSC
www.fsc.org

Das für dieses Buch
verwendete FSC®-zertifizierte Papier liefert
Arctic Paper Mochenwangen GmbH

1 2 3 16 15 14

Umschlagillustration: Jürgen Rieckhoff
Redaktion: Beate Spindler

Printed in Germany
ISBN 978-3-473-40954-9

www.ravensburger.de

INHALT

KAPITEL 1

EIN WICHTIGER BRIEF

Noah fixierte den Ball. Sah zum Tor. Beobachtete jede Bewegung des Torwarts. Jedes Zucken seiner Muskeln.

Neun Meter vor ihm die Ein-Mann-Mauer: Matti, der Mittelfeldmotor. Mit den Händen vor den Kronjuwelen. Besser so, bei der Wucht von Noahs Schüssen.

Noah senkte den Kopf, nahm drei Schritte Anlauf. Drei große Schritte. Eins, zwei, drei. Holte tief Luft. Ließ die Arme locker hängen. Wie Cristiano Ronaldo.

Dann rannte er los. Traf den Ball optimal mit dem Innenrist. *Wamm!*

Die Pille zirkelte haarscharf über Mattis Frisur. Genau ins Lattenkreuz.

Hardy im Kasten konnte sich so lang machen, wie er wollte. Gegen diesen Kunstschuss war auch der beste Torwart der Welt machtlos.

Noah ließ sich auf die Knie fallen. Ballte die Fäuste.

„Ich bin genial!", brüllte er über den Platz.

„Wissen wir!", antworteten Matti und Hardy wie aus einem Munde. Beide lachten.

Noah war schon seit der ersten Klasse ihr Freund. Deshalb wurde ihm auch jeder Anflug von Größenwahn verziehen.

Noah hätte in diesem Augenblick die ganze Welt umarmen können. Es war Frühling. Über ihnen strahlte die Sonne. Ein Samstag. Keine Schule. Was konnte es da Schöneres geben, als mit seinen besten Kumpels Matti und Hardy auf der eigenen Fuß-

ballwiese zu spielen? Vor ihrem Klubhaus, einem alten Bauwagen.
Nur Simon, den alle wegen seiner ultradicken Brillengläser Eule nannten, fehlte noch zum totalen Glück.
Plötzlich quietschte eine Bremse. Reifen schrappten über den Kiesweg. Staub wirbelte auf.
Ein orangerotes Bonanzarad kam neben dem Spielfeld zum Stehen. Darauf der Teufelsfahrer Nummer eins: Eule. Er wedelte mit einem Brief.
Eule hatte einen knallroten Kopf. Musste gerast sein wie ein Berserker.
„Er ist da!", brüllte Eule völlig außer Atem. Er stieg ab. Sein sonst so heiß geliebtes Fahrrad fiel achtlos in den Dreck. „Leute, verdammt noch mal, er ist da!"
Wenn Matti, Hardy und Noah den Ball liegen ließen, konnte es nur um etwas noch Aufregenderes gehen als den Weltuntergang: um Fußball.
Nach null Komma zwei fünf Sekunden standen die drei neben ihrem Verteidiger. Alle starrten den Brief an.
Einladung stand auf dem Umschlag. Der Absender: die Sportschuhmarke Sprintastic.
„Wahnsinn!", stammelte Matti. „Nun mach schon auf!"
Eule nickte. Mit zittrigen Fingern öffnete er den Umschlag. Dann las er ihnen den Text vor.

„Lieber Simon … blabla … tolle Leistung … blabla … Wir freuen uns, dich zum internationalen Fußballturnier

nach England einladen zu können. Abfahrt ist Sonntag, 8. Juni, 8 Uhr."

Noah schüttelte ungläubig den Kopf. „Es war also wirklich kein Traum, Leute. Wir haben alle Mannschaften Deutschlands geschlagen. Und die Auswahlteams von Österreich und der Schweiz. Jetzt machen wir die anderen Länder kalt!"

Hardy schnaufte tief durch. „Jungs, ich glaub erst dran, wenn ich meine eigene Einladung in den Händen halte."

Kaum hatte er ausgesprochen, näherten sich drei Frauen dem Fußballplatz. Aus drei verschiedenen Richtungen.

Hardys Mutter in Pantoffeln.

Mattis Mutter mit einem Handtuch um den Kopf.

Und Noahs Mutter mit einer Tasse Kaffee in der Hand.

Alle winkten schon von Weitem mit einem Umschlag.

Als hätten sie sich vorher abgesprochen, riefen die drei im Chor: „Post für dich! Ein Brief von Sprintastic!"

KAPITEL 2

ALLES AUS!

Die folgenden Tage zogen sich in die Länge. Wie Kaugummi unter einer Schuhsohle. Wollten einfach nicht enden. Minuten wurden zu Stunden. Stunden zu Tagen. Tage zu Jahren.

Dann endlich brach die letzte Woche an. Die letzten sechs Tage vor dem Turnier. Vor der Mini-WM in England.

Als der Wecker am Montagmorgen klingelte, war Noah längst wach. Wie jeden Morgen las er seinen Star-Wars-Figuren den Brief von Sprintastic vor. Darth Vader, Luke Skywalker und Yoda starrten ihn ungläubig an, als hörten sie die frohe Botschaft zum ersten Mal.

„Noah, aufstehen!", rief eine Stimme von unten. Seine Mutter. Noah seufzte. Leider nicht sein Vater. Seine Eltern hatten sich vor zwei Jahren getrennt. Dummerweise war Luiz nicht ins Nachbardorf gezogen, sondern zurück in seine Heimat. Nach Brasilien. In die Hauptstadt Rio de Janeiro.
Luiz schickte fast jeden Tag eine SMS. Und sie telefonierten, so oft es ging. Aber die Flüge in die Stadt des Zuckerhuts waren irre teuer.
Erst ein Mal war Luiz seit der Scheidung in Deutschland gewesen. Noah noch nie in Brasilien. Dabei wünschte er sich nichts sehnlicher, als dorthin zu fliegen. Besonders in diesem Sommer, zur Fußballweltmeisterschaft.
Noah legte den Brief auf seinen Nachttisch. Er dachte mal wieder an den Schwur, den er, Matti, Hardy und Eule in der Silvesternacht geleistet hatten: alles dafür zu tun, um bei der Fußball-WM in Brasilien dabei zu sein.
Wunder konnten wahr werden. Das hatte ihm sein Vater seit der Wiege ins Ohr geflüstert. Und daran glaubte Noah ganz fest. War dieser Brief nicht der beste Beweis?
Sie waren kurz davor, ihren Traum zu leben. Der Sieger des Turniers in England wurde zum Endspiel eingeladen.

Einen Moment lang überlegte Noah, seinem Vater von dem Preis zu schreiben. Doch dann ließ er es lieber bleiben.

„Es reicht, wenn einer nachher enttäuscht ist", murmelte er vor sich hin. Dann erschrak er über seine eigenen Worte. Hatte er etwa Zweifel?

Bisher war der Glaube an seine Fähigkeiten auf dem Platz unerschütterlich gewesen. Wenn er aufs Spielfeld ging, dann immer mit der Gewissheit, die andere Mannschaft zu besiegen.

Aber jetzt? Jetzt sollte er mit seinen Freunden gegen die besten Teams der Welt spielen. Und es gab bestimmt auch andere Neun- bis Zehnjährige, die mit dem Ball umgehen konnten.

„Nooo-aaah!"

Noah sprang aus dem Bett. Wenn seine Mutter seinen Namen so in die Länge zog, war es höchste Eisenbahn. Er warf den Schlafanzug auf den Boden. Aber den fiesen Gedanken wurde er nicht los. Die Angst, sein Traum von Brasilien könnte doch noch platzen wie eine Seifenblase.

Auf dem Schulweg platzte auch etwas: sein Vorder-

reifen am Fahrrad. Ein böses Omen? Noah musste den Rest der Strecke schieben.
Fünf Minuten zu spät betrat er das Klassenzimmer.
„'tschuldigung, Doktor Knesebrecht", nuschelte er. „Der beschissene ... Ich meine, mein Rad war schuld."
Sein Klassenlehrer sah ihn an, als hätte Noah nicht das Rad, sondern ihn persönlich beleidigt. So ernst hatte er den Mann noch nie erlebt.
„Das Wort ist mir so rausgerutscht", stammelte Noah. „Tut mir leid. Aber mein verdammtes Fahrrad ..."
Weiter kam er nicht. Er bemerkte die Blicke. Spürte die Stimmung. Wie bei einer Beerdigung.
Eule, Hardy und Matti waren kalkweiß.
Auch die übrigen Jungen und Mädchen schwiegen betroffen. Keiner sagte einen Ton. Keiner kicherte. Kein Papierflieger segelte durch den Raum.
Noah wurde flau im Magen. Ein großer Klumpen begann dort zu wachsen. Klebrig. Gewaltig. Unkaputtbar.
„Was habt ihr denn alle?" Das Sprechen fiel ihm schwer. „Ist was passiert?"
Doktor Knesebrecht kam auf Noah zu.
Der Klumpen wurde zu einem Felsbrocken.
Knesebrecht schlang die Arme um Noah. Das hatte

er seit der ersten Klasse nicht mehr getan. Was war nur los?
„Noah", sagte er mit bebender Stimme. „Es tut mir so leid für dich. Und für Eule, Hardy und Matti auch."
Noah schüttelte verwirrt den Kopf. „Was zur Hölle ...?"
Da sprang Eule auf. „Das Schulamt hat geschrieben." Er kämpfte sichtlich mit den Tränen. Und verlor. „Sie wollen uns so kurz vor den Ferien keine fünf Tage schulfrei geben", schniefte er. „Und weil alle aus unserer Mannschaft ja aus dem gleichen Bundesland kommen, darf keiner fahren."
Hardy holte tief Luft. „Das Turnier in England muss ohne Deutschland stattfinden!"

KAPITEL 3

RABENSCHWARZE WOLKEN

Noah war wie betäubt. Nur langsam sickerte die Bedeutung von Eules Worten zu ihm durch. Keine Mini-WM in England. Und somit auch keine Reise nach Brasilien.

Starr wie eine Salzsäule stand er vor dem Lehrerpult. Unfähig, sich zu bewegen. Eine Sekunde verging. Zwei. Drei.

Dann drehte er sich auf dem Absatz um und rannte aus der Klasse. Rannte aus der Schule. Trat mit voller Wucht gegen sein kaputtes Fahrrad. Rannte über den Schulhof und quer durchs Dorf.

Er nahm seine Umgebung nur noch durch einen Tränenschleier wahr. Trotzig wischte er sich mit dem Handrücken über die nassen Wangen und über die Augen. Aber es half nichts.

Endlich erreichte er ihren Fußballplatz. In monatelanger Arbeit hatten Matti, Hardy, Eule und er aus einer holprigen Wiese ein Stadion gemacht. Mit To-

ren, Eckfahnen und Flutlichtanlage. Und einem Sofa für die Zuschauer. Ihr ganzer Stolz.
Jetzt aber kam Noah der Platz wieder wie eine olle Kuhweide vor. Er schloss die Tür des Bauwagens auf und warf sich drinnen in den Sessel. Mit dem Kopf zuerst.
Er heulte und fluchte. Fluchte und heulte. Beschimpfte Knesebrecht, weil er sich nicht genug

angestrengt hatte. Verfluchte das Schulamt, weil es dreiundzwanzig Jungen aus dem Bundesland ihren größten Traum zerstörte.
Machte sich selbst Vorwürfe, weil er an das große Wunder geglaubt hatte. Er, ein Wicht, der noch vor sechs Monaten auf einem Acker trainiert hatte, wollte zur WM nach Brasilien fahren?
Plötzlich öffnete sich die Tür. Drei Köpfe lugten um die Ecke. Eule, Matti, Hardy.
„Hier bist du, Capitano!", platzte Eule heraus. Er klang unglaublich erleichtert.
Noah richtete sich auf.
Matti legte Noah den Arm um die Schulter. „Komm schon, das Leben geht weiter ..."
Hardy nickte. „Dann veranstalten wir in den Sommerferien halt unser eigenes Turnier. Hier auf der Wiese."
Noah fühlte sich wie ein Vulkan. Und jetzt brach die Lava aus. *„Unser eigenes Turnier*? Hast du sie noch alle? Wie soll mein Leben weitergehen?"
Er sprang auf und lief im Bauwagen auf und ab. „Ihr habt gut reden. Eure Eltern leben ja mit euch zusammen. Ich aber habe Luiz seit Ewigkeiten nicht mehr gesehen. Und das Endspiel ist mir auch nicht wurscht. Ich will da hin!"
Er tippte auf ein Blatt, das zwischen Hunderten von

Postern und Autogrammkarten von Bundesligaspielern hing. Darauf stand doppelt unterstrichen:

Ich schwöre, alles für mein Ziel zu tun:
bei der Fußball-WM in Brasilien zu sein.

Unterschrieben von Noah, Matti, Eule und Hardy.
„Wir haben alles getan!", wütete Noah weiter. „Und dann kommen Lehrertrottel wie der Knesebrecht und werfen uns Knüppel zwischen die Beine."
Eule schüttelte den Kopf. „Lass den Doktor aus dem Spiel. Er hat uns heute freigegeben. Weil wir doch sowieso nicht mehr zuhören können."
Hardy hockte sich auf den Ofen. „Ja, der Knesebrecht ist schwer in Ordnung. An dem liegt's nicht."
Noah trat gegen den Tisch. „Mir doch scheißegal, an wem's liegt. Fakt ist: Wir fahren nicht zur WM."
Matti holte tief Luft. „Wer weiß ... Wahrscheinlich hätten wir das Turnier sowieso nicht gewonnen. Mann, da spielen Teams aus Argentinien, Spanien und sogar Brasilien!"
Noah drehte sich wie ein Wirbelwind und packte Matti am Kragen seines Trikots. Matti trug immer eins.
„Wir hätten gewon-

nen!", schnaubte Noah. „Das sage ich dir. Wir hätten sie nicht nur geschlagen. Wir hätten sie in Grund und Boden gespielt. Pulverisiert. Unter unseren Stollenschuhen zermalmt."
Eule schnappte sich den Fußball vom Boden und warf ihn Noah zu. „Fang!"
Blitzschnell ließ Noah Mattis Trikot los und schnappte sich die Kirsche. Denn eins wusste er, seit er nicht mehr in die Windeln machte: Wenn du die Chance hast, an den Ball zu kommen, greif zu und gib ihn nicht mehr her!
„Zwei gegen zwei!", kommandierte er und war mit wenigen Sätzen draußen auf dem Spielfeld. „Bis zehn. Drei Ecken, ein Elfer. Mit Letzter Mann."
Schon donnerte er den Ball Richtung Kasten.
Baff! Die Kugel knallte volles Kanonenrohr gegen die Latte. Ließ das Tor erbeben.
Gegen Frust half nur eins: Tore, Tore und noch mehr Tore.
Noah spielte mit Hardy im Kasten. Matti mit Eule. Mit Letzter Mann. Der letzte Mann vorm eigenen Tor durfte den Ball somit in die Hand nehmen.
Noah zirkelte den Fußball durch die Luft.
Eule, obwohl nicht gerade ein Riese, lenkte ihn mit einem Hechtsprung über die Seitenlinie.
Matti, sein Mitspieler, applaudierte.

Noah zählte die Ecken. „Das war die zweite", verkündete er lautstark. „Bei der nächsten kriegen wir einen Elfer."
Doch jetzt rollte erst mal der Angriff von Matti und Eule.
Eule tankte sich auf links durch. Schlug einen Haken und spitzelte die Pille an Noahs ausgestrecktem Bein vorbei.
Hardy spielte mit. Kam aus dem Kasten rausgerannt. Ruderte wie ein Propeller mit den Armen. Als hätte er acht Stück wie ein Krake.

Hardy, der beste Torwart, den man ohne Ablösesumme bekommen konnte. Kurz bevor Eule ihn erreicht hatte, spitzelte Hardy den Ball zu Noah durch. Der Kasten der anderen war leer.
Noah musste nur noch den Fuß hinhalten. *Zack!* Tor! Dennoch stand es zwanzig Minuten später 10:7 für Eule und Matti.
„Okay!", rief Noah. „Ihr habt gewonnen. Jetzt neue Mannschaften. Ich mit Eule gegen Matti und Hardy."
Sie spielten und spielten. Irgendwann bekamen sie Hunger und schlangen ihre Schulbrote hinunter. Dann ging's sofort weiter.
Schließlich schlug die Kirchturmglocke sechsmal. *Dong! Dong! Dong! Dong! Dong! Dong!*
„Verdammt!", fluchte Eule. „Heute ist doch Montag – wir haben das Training verpasst!"
Noah winkte ab. „Ist doch egal!", brüllte er. „Wir fahren doch eh nicht nach England! Da kann sich der Wenzel sein Training sonst wohin stecken …"
„Sag das nicht so laut!", tönte eine dunkle Stimme über den Platz. Es hörte sich verdammt nach ihrem Trainer an.

KAPITEL 4

NIE DEN MUT VERLIEREN!

Die Jungs fuhren erschrocken herum.
Den Mann, der da mit großen Schritten auf sie zukam, kannten sie nur zu gut. Christian Wenzel.
Als Spieler eines der größten Talente Deutschlands. Er hätte fast beim FC Bayern unterschrieben. Doch sein kaputtes Knie machte ihm einen Strich durch die Rechnung. Innenband-Riss. Sportinvalide mit zweiundzwanzig Jahren. Und heute ihr Trainer in Rohrbach, dem Nachbarort.
„Trainer … wir …" Noah spürte, wie ihm die Röte ins Gesicht schoss. „So war das nicht gemeint …"
Wenzel legte den Zeigefinger an die Lippen. „Nichts sagen. Ich weiß schon alles."
Hinter ihm stieg Yannick aus dem Auto. Wenzels Sohn und ihr Mannschaftskamerad im Auswahlteam.
„Yannick ist genauso fertig. Ich habe mit den Leuten von Sprintastic telefoniert, aber die können nichts machen. Das Schulamt hat das letzte Wort. Und da

stellen die Herren von unserem Bundesland einfach auf stur. Für euch bleibt nur als kleiner Trost, dass die anderen aus unserem Team auch nicht fahren dürfen. Das Verbot gilt für alle Schüler."

Eule polierte nervös seine Brille. „Mich tröstet das kein bisschen …"

Yannick schlich mit hängendem Kopf auf die Wiese. Statt sich mit seinen Freunden abzuklatschen wie sonst, hob er nur matt die Hand. „Mein Lehrer hat's mir heute Morgen gesagt. Dabei hatte ich schon den Koffer für England gepackt."

Christian Wenzel ließ sich auf das Sofa neben dem Bauwagen fallen.

Noah, Matti, Hardy, Yannick und Eule hockten sich vor ihn ins Gras.

„Ich hab's auch erst heute Morgen erfahren. Ich wollte ja als Betreuer mit nach London." Wenzel breitete die Arme aus und seufzte. „Aber so ist das Leben. Ich war ein paarmal in meinem Fußballerleben zutiefst verzweifelt. Als ich den Bayern absagen musste, stand ich schon auf der Brücke. Wollte runterspringen, allen Ernstes."

Er sah Yannick an, strich ihm mit der Hand über den Kopf. „Ich hätte Millionen verdient. Wäre berühmt geworden. Wahrscheinlich sogar Nationalspieler."

Wenzel lachte. „Vielleicht wäre Deutschland mit mir im Team 2006 sogar Weltmeister geworden. Aber so …"
Er kratzte sich am Hinterkopf. „So bleibe ich für alle Zeiten nur das größte Talent, das Deutschland je gesehen hat. Scheißschicksal, habe ich gedacht. Aber das Leben geht weiter. Wenn nicht so, dann anders. Heute bin ich ein glücklicher Trainer. Und ich habe einen tollen Sohn, auf den ich stolz bin – ist das etwa schlechter?"
Noah schüttelte nachdenklich den Kopf. Christian Wenzel hatte ja Recht. Man durfte den Kopf nicht hängen lassen. Nie im Leben. Nie aufgeben. Dafür war jeder Tag, ja, jede Minute zu kostbar. Kein Moment wiederholte sich.
Er schluckte hart. Und wahrscheinlich würden sie auch nie wieder die Chance haben, mit ihren besten Freunden nach Brasilien zu fliegen, um dort Fußball der Spitzenklasse zu sehen.
Christian Wenzel stand mühsam auf. Rieb sein Knie. „Jungs, gebt niemals auf! Wenn sich ein Traum nicht erfüllt, dann ein anderer. Das weiß ich heute. Ob ich als Star glücklicher wäre?" Er zuckte mit den Schultern. „Wer kann das sagen?"
Yannick hob die Hand zum Abschied. „Dann bis Donnerstag beim Training."

Noah, Matti, Eule und Hardy winkten zurück. Sie sahen Vater und Sohn so lange nach, bis das Auto in der Ferne verschwand.

„Wer weiß, wofür das gut ist", murmelte Matti. „Vielleicht wären wir in Brasilien am Strand erschwitzt."
Hardy rollte mit den Augen. „Schweres Schicksal ..."
Eule nickte. „Oder in London mit den Kronjuwelen eingeschlossen worden und jämmerlich verhungert."
Noah waren die Sprüche seiner Freunde mit einem Mal zu blöd. Er legte sich rücklings ins Gras. Wolken jagten über den Himmel. Sicher flogen sie Richtung

England. Dort regnete es doch ununterbrochen, oder?
Plötzlich vibrierte das Handy in seiner Hosentasche. Eine SMS von Luiz. Er brauchte nur Sekunden, um sie zu lesen.

**Na, Großer? Steht dein Versprechen noch?
Du gehst doch mit mir zum Endspiel der WM, oder?
Scherz beiseite. Ich spare fleißig und hoffe,
dich 2015 zu sehen. Dein Papa**

Noah stand auf. „Nein, Leute. Den Kopf in den Sand stecken gilt nicht." Er klopfte sich die Grashalme vom T-Shirt. „Manchmal muss man das Leben akzeptieren, wie es ist. Aber manchmal muss man sein Schicksal auch selbst in die Hand nehmen. Und genau das werde ich jetzt tun!"
Eule, Matti und Hardy sahen ihn verblüfft an.
„Was hast du vor?", wollte Eule wissen.
„Ich gehe zu Doktor Knesebrecht." Noah schlug sich mit der Faust in die flache Hand. „Es muss einen Ausweg geben. Und den werde ich finden. Wer kommt mit mir?"
Acht Minuten später klingelten sie abgehetzt bei ihrem Klassenlehrer an der Tür. Alle vier.
Doktor Knesebrecht machte auf. Mit einer Serviette im Hemdkragen.

„Oh, ihr seid es, Jungs. Kommt doch rein. Habt ihr Hunger?"
Ohne ihre Antwort abzuwarten, führte er sie ins Wohnzimmer, an den gedeckten Abendbrottisch.
Frau Knesebrecht brachte Teller und Messer.
Jetzt erst spürte Noah, dass er den ganzen Tag über kaum etwas gegessen hatte. Als er sah, wie Eule sich ungeniert den Teller vollud, griff auch er zu.

Nach drei Stullen und vier sauren Gurken putzte sich Noah den Mund ab. „Herr Knesebrecht, das Schulamt gibt uns doch keinen Sonderurlaub für England."
Knesebrecht verzog das Gesicht, als hätte er Zahnschmerzen. „Ich habe heute noch einmal dort angerufen. Aber es ist nichts zu machen."
Noah grinste. Das Essen hatte sein Gehirn auf Hochtouren gebracht. In seinem Hinterkopf war eine Idee entstanden. Ein Plan, der funktionieren konnte.

„Bis zum Ende des Schuljahres dauert es ja nicht mehr lange. Und da machen wir doch unsere Klassenfahrt, richtig?"
Der Lehrer nickte. „Ja, in den Schwarzwald. Als Abschlussfahrt. Nach der vierten Klasse verstreut es euch ja auf unterschiedliche Schulen und ..."
Doch Noah unterbrach ihn: „Klassenfahrten sind also vom Schulamt erlaubt?"
Wieder nickte Knesebrecht.
Eule runzelte verärgert die Stirn. „Was fragst du denn da für einen Blödsinn? Natürlich sind Klassenfahrten erlaubt!"
Hardy sackte die Kinnlade herunter. Er hatte begriffen, worauf Noah hinauswollte. Wie in Zeitlupe stand er auf.
„Herr Doktor Knesebrecht? Können wir das Ziel der Fahrt nicht ändern? Nach London statt in den Schwarzwald?"
Die vier Freunde starrten ihren Lehrer an. Seine Augen wurden groß wie Teller. Dann lachte er laut.
Doktor Knesebrecht schlug mit der flachen Hand auf den Tisch, dass die Tassen nur so hüpften.

„Ihr Teufelskerle! Genau so wird's gemacht! Else, bring mir das Telefon!"

KAPITEL 5

ZU SPÄT?

Doktor Knesebrecht zeigte, was für ein Traumlehrer er war. Er hatte nicht nur Verständnis für seine Schüler. Oder Mitgefühl. Er setzte sich persönlich für Matti, Noah, Hardy und Eule ein. Mit all seiner Kraft.

In den nächsten Tagen sah man ihn fast nur noch am Handy oder Telefon. Er sprach mit den Kollegen der anderen Schulen. Zuerst mit Yannicks.

Er überzeugte alle Lehrer, in deren Klasse sich ein Auswahlschüler befand, ihre Abschlussfahrten umzulegen. Manche kamen sogar erst durch ihn auf die Idee, eine Fahrt zu veranstalten.

Knesebrecht bat Sprintastic, das deutsche Team noch nicht abzuschreiben.

Dann erklärte er den Eltern, warum London ein viel besseres Ziel für ihre Kinder wäre als der Schwarz-

wald. Er machte Geld beim Landtag locker. Blitzschnell.

„Weil diese Fahrt zur Völkerverständigung beiträgt", erklärte er Eltern und Schülern auf dem eilig einberufenen Elternabend. So wurde es nicht mal teurer. Außerdem probierte er von jetzt an, auch im normalen Unterricht nur noch Englisch zu sprechen. *„Wonderful, Eule!"*

Knesebrecht sagte immer wieder, dass die Sache bestimmt gut ausgehen würde.

Schließlich gelang es ihm sogar, einen Sonderzug zu bestellen. Alle Schüler sollten auf der Strecke quer durchs Land eingesammelt werden. Neunzehn Klassen.

Am Freitagnachmittag um Viertel vor vier nahm er den Hörer ein letztes Mal in die Hand.

Noah, Eule, Matti und Hardy saßen auf dem Sofa im Knesebrecht'schen Wohnzimmer.

Else Knesebrecht hatte zwei Kuchen gebacken. Aber keiner von ihnen rührte auch nur ein Stück an.

Noah hatte vor Aufregung null Appetit. War die Frist schon abgelaufen? In drei Tagen sollte das Turnier schließlich starten.

„Spreche ich mit dem Marketingchef von Sprintastic Deutschland?“, meldete sich Knesebrecht.
Es war still im Haus. Sogar Matti hörte auf zu zappeln.
Frau Knesebrecht setzte sich lautlos auf den Sessel und ballte die Fäuste im Schoß. Selbst die Vögel im Garten stellten das Zwitschern ein.
Doktor Knesebrecht wurde verbunden und weiterverbunden.
Bis er endlich den richtigen Mann an der Strippe hatte.
Dann redete er.
Nach unendlichen fünf Minuten hob er den Daumen.

Die vier Freunde strahlten sich an. Aber noch traute sich niemand zu jubeln. Der Lehrer verabschiedete sich und legte auf.
„Gerade noch rechtzeitig“, berichtete er mit glänzenden Augen. „Um vier Uhr hätte Sprintastic euch absagen müssen. Aber jetzt geben sie grünes Licht. Herzlichen Glückwunsch, Jungs. Ihr fahrt nach England!“
Seinen Worten folgte ohrenbetäubender Jubel. Es wurde fast so laut wie beim Champions-League-Endspiel Bayern gegen Dortmund. Eule und Matti umarmten sich und kugelten über den Teppich.

Hardy ging zu Else Knesebrecht und drückte sie.
Und Noah tat etwas, was er für den Rest seines Lebens nie wieder tun würde: Er verpasste seinem Lehrer einen Schmatz auf die Wange. Ohne sich zu schämen.
Ganz Deutschland hätte das tun müssen, dachte Noah. Denn ohne diesen Lehrer wäre bei der Mini-WM der Neun- und Zehnjährigen kein Team dieses Landes aufgelaufen.
Doktor Knesebrecht hatte vollen Einsatz gezeigt. Für seine Schüler. Noah fand, dass Doktor Knesebrecht ein großes Vorbild war. Noch größer als alle Fußballprofis der Welt zusammen.
Am Sonntag schlug sein Herz sogar noch schneller: vor Aufregung und vor Vorfreude auf das große Tur-

nier. Schon um sieben Uhr morgens trafen sich alle Schüler am Bahnhof in Rohrbach. Der Sonderzug für die Mini-WM stand auf Gleis 1. Der Lokführer hielt eine deutsche Fahne aus seinem Fenster.
Reporter von drei Zeitungen waren da. Sie interviewten Noah, Eule und Yannick. Fotos wurden geschossen. Von den Spielern. Und von sämtlichen Mitschülern, Lehrern und Begleitern.
Alle strahlten mit der Sonne um die Wette. So viel Glück war für Noah kaum zum Aushalten!
Die Eltern von Yannicks Schule bedankten sich bei

Doktor Knesebrecht für seinen unglaublichen Einsatz.
Sogar Hardys Eltern waren mitgekommen. Obwohl sie doch Fußball hassten und ihren Sohn lieber im Schachverein sehen wollten.
Als Noah und seine Klassenkameraden im Zug waren und dieser langsam anrollte, winkten ihnen die Eltern.
Noah sah, wie seine Mutter sich eine Träne aus dem Auge wischte.
Eules Schwester lief noch ein Stück neben dem Sonderzug her. Bis zur Bahnsteigkante.
„Viel Glück!", rief sie ihnen nach. „Wir sind wahnsinnig stolz auf euch!"
Beim nächsten Stopp stieg Stefan mit seiner Klasse ein, den alle wegen seiner Kopfballstärke nur Schädel nannten.
Schließlich Jay-Jay und die anderen Jungs aus der Mannschaft: der lange Tom, Linus, Phillip und wie sie alle hießen. Allesamt feine Kerle und Topfußballer.
Noah, Eule, Matti und Hardy machten sie blitzschnell mit ihrer Klasse bekannt.
Bald wuselten dreihundert Schüler durch die Gänge.
Eule sprang immer wieder wie ein Knallfrosch in die Luft und rief: „Der Wahnsinn, oder?"
Als der Sonderzug über die Grenze preschte, packte

Yannick seine Gitarre aus. Er spielte die neusten Hits. Rauf und runter. Und alle sangen mit, bis sie auf die Fähre rollten.

Dann war es endlich soweit: Sie erreichten englischen Boden.
Hardy legte die Arme um seine Freunde. „Leute, unser Traum ist doch noch wahr geworden!"
Noah nickte überglücklich. „Ja, jedenfalls der erste Teil. Jetzt müssen wir nur noch die halbe Welt vom Platz putzen. Dann ist unser Schwur von Silvester erfüllt!"

KAPITEL 6

DAS KROKODIL

In London angekommen, ging der Traum für Matti, Eule, Noah und Hardy weiter.
Die Spieler der Auswahlmannschaft wurden noch am Gleis von ihren englischen Betreuern abgeholt.
Yannicks Vater stellte sich vor. Knesebrecht und die Lehrer der anderen Schulen verabschiedeten sich. Die Mitschüler würden die Woche damit verbringen, London zu erkunden. Die Tower Bridge und die Kronjuwelen. Das höchste Riesenrad Europas, das British Museum – und natürlich zum Endspiel kommen.
„Und wir?", murrte Matti. Es klang fast ein bisschen neidisch. „Wir sehen wohl nur den Sportplatz. Stickige Umkleidekabinen und Fitnessräume …"
Noah lachte. „Weißt du was? Das sind für mich die größten Sehenswürdigkeiten der Welt!"
Meter für Meter quälte sich der Bus durch die Londoner Innenstadt.
„Rush hour", erklärte ein junger Betreuer schmun-

zelnd. „Hauptverkehrszeit. Die ist in London von morgens um fünf bis nachts um vier."

Noah blickte staunend aus dem Fenster. An jeder Ecke gab es etwas Aufregendes zu entdecken. Ein Wolkenkratzer, der wie eine Gurke aussah. Hausgroße Leuchtreklame. Knallrote, doppelstöckige Busse. Und Autos auf der falschen Straßenseite.

Immer wieder schüttelte er den Kopf. Das war wirklich das größte Abenteuer, das sie je erlebt hatten.

Matti schien ähnlich zu denken. „Vom Kuhdorf in die Weltstadt!", rief er fröhlich. „Allein durchs Fußballspielen – das soll uns mal einer nachmachen!"

Endlich hielt der Bus vor einem Haus mit fünf Stockwerken. Es war neongrün gestrichen.

„Mann, wie cooooooool!", jubelte Hardy.

„Das ist euer *Youth Hostel*", sagte der Betreuer. „Hier werdet ihr wohnen. Es ist nur für die Mannschaften der Mini-WM reserviert. Alle Jungs, die ihr morgens beim Frühstück trefft, sind eure Gegner. Aber spuckt ihnen deshalb bitte nicht in die Cornflakes."

Alle lachten. Dann schleppten sie ihre Koffer und Rucksäcke durch die Tür.

Hardy ächzte. „Was haben meine Eltern denn da eingepackt? Einen Kühlschrank, damit ich nicht verhungere?"

Sie kamen in eine riesige Eingangshalle. Hier ging es genauso abgefahren weiter. Die Empfangstheke war grellgelb. Die Wände dahinter mit Graffiti besprüht. Eine kurzhaarige junge Frau mit Flip-Flops und regenbogenfarben lackierten Zehennägeln begrüßte sie herzlich. *„Welcome, boys! Are you the team from Germany?"*

„Kann man uns das ansehen?", flüsterte Eule.

„Yes!", antwortete Matti stolz.

Die Frau deutete zum Speisesaal. *„That's the way."*

Mit Noah, ihrem Kapitän, voran, betraten sie den Saal.

Mitten im Raum stand ein Mann. Zuerst konnten sie nur die Konturen erkennen. Wie im Western, wenn der Schurke auftritt. Mittags um zwölf, wenn die Sonne am heißesten brennt. Doch es war kein Viehdieb mit gezogenem Revolver. Es war viel, viel schlimmer.

Der Mann trug einen weißen Trainingsanzug. Er war kaum größer als Hardy und hatte bis auf einen Haarkranz eine Glatze. Um seinen Hals hingen eine Stoppuhr, eine Trillerpfeife und ein Kugelschreiber. In der Hand hielt er ein Notizbuch.

Eule schluckte. „Die legt er sicher nicht mal zum Schlafen ab."

Keiner der Spieler lachte. Sie wussten, es war nicht

als Witz gemeint. Ihr Trainer war ein Mann, der seinem Namen alle Ehre machte: Hartmann. Zäh wie Leder, hart wie Granit. Und von seinen Spielern erwartete er das Gleiche.
Seinem beinharten Training war es zu verdanken, dass sie jetzt hier standen. Während eines Camps in den Osterferien hatten sie die Gruppen der anderen Bundesländer geschlagen. Wie auch die Auswahlteams aus Österreich und der Schweiz. Und das nur, weil Hartmann seine Spieler erbarmungslos um den Platz gejagt hatte.
Nach dem Camp hätte jeder von ihnen eine Gazelle

zu Tode hetzen können. Ohne sich vorher die Schuhe zuzubinden.
Doch Hartmann war auch gerecht und hatte einen blitzgescheiten Fußballverstand. Außerdem kannte er viele der deutschen Nationalspieler von klein auf.
„Männer!", begrüßte Hartmann seine dreiundzwanzig Schützlinge. „Ihr seid hier, weil ihr super Leistungen gebracht habt. Jeder von euch ist ein außergewöhnliches Talent. Und zusammen bildet ihr ein tolles Team."
Eule knuffte Noah in die Seite. Sofort sah Hartmann ihn mit strengem Blick an.
Eule schluckte hörbar.
„Aber für die Pokale und Titel von gestern können wir uns heute nichts mehr kaufen", fuhr Hartmann fort. „Wir beginnen bei null: null Punkte, null Tore. Das war die schlechte Nachricht."
Hartmann lächelte. Er sah aus wie ein Krokodil, das gleich zubeißen würde. „Die gute Nachricht: Den anderen Mannschaften geht es genauso. Brasilien, Argentinien, Spanien, England, Japan, Italien und Ghana – das sind klangvolle Namen. Die können sogar Bundesligaprofis eine Scheißangst einjagen."

Er blickte über die Köpfe seiner Spieler hinweg. „Aber es sind auch nur Jungen wie ihr, die ihre Zeit damit verbringen, gegen eine aufgepumpte Kugel zu treten. Ihr habt das Zeug dazu, jede Mannschaft der Welt zu schlagen!"
„Ja!", rief Hardy und streckte den Arm in die Luft.
Darauf hatte Hartmann nur gewartet.
Das Krokodil schnappte zu. „Aber ihr könnt auch zu Witzfiguren werden. Auf dem Platz zerquetscht werden wie Bettwanzen", sagte er in beißendem Ton. „Es liegt an euch. Ob ihr vollen Einsatz bringt. Bis zum Umfallen rennt. Miteinander spielt. Traumtore herauskitzelt. Oder lieber alleine mit dem Kopf durch die Wand wollt. Ihr habt es in der Hand!"
Noah holte tief Luft. Die Mannschaft erwartete eine Antwort von ihm. „Trainer, jeder von uns will nichts mehr, als zum Endspiel nach Rio de Janeiro zu fliegen. Wir werden das Turnier gewinnen!"
Eine Weile herrschte Schweigen. Das Krokodil blickte Noah nur durchdringend an. Doch dann grinste es über beide Backen.
„Gut!", rief Hartmann. „Bringt euer Gepäck aufs Zimmer. In einer Viertelstunde treffen wir uns im Park hinter diesem Haus. Vier Kilometer Dauerlauf!"

KAPITEL 7

MUSKELFRESSER

Nach und nach spuckte der Fahrstuhl die Spieler im dritten Stock aus.
Deutsche Fahnen zeigten an, welche Zimmer für Noahs Team vorgesehen waren. Jedes hatte vier Betten.
Klar, dass sich Noah, Eule, Matti und Hardy ein Zimmer teilten. Jay-Jay, Yannick, Schädel und Tim nahmen das Nachbarzimmer.
Jay-Jay war sofort von einem Knäuel dunkelhäutiger Jungs aus Ghana umringt.
„*Welcome, brother!*", begrüßten sie ihn und schlugen ihre Fäuste gegen seine.
„Mann, ist das cool!", sagte Jay-Jay sichtlich stolz. „Aber schlagen werden wir euch trotzdem!"
Die Afrikaner schüttelten lachend die Köpfe. Sie hatten die Worte zwar nicht verstanden, aber wohl ihre Bedeutung.
Erschöpft ließ Eule seine Tasche neben dem Schrank

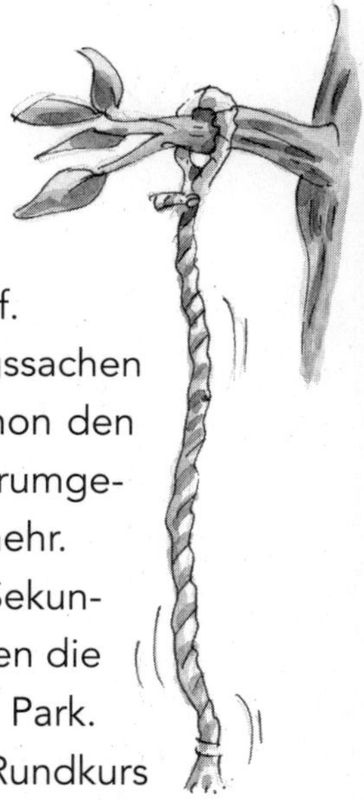

fallen. „Ein Nickerchen wäre jetzt echt nicht schlecht."

Aber Hartmann wartete nicht. Zuspätkommer drehte er durch den Fleischwolf.

Blitzschnell zogen sich alle ihre Trainingssachen an. Bis auf Matti. Er war wie immer schon den ganzen Tag in Trikot und Sporthose herumgelaufen. Selbst im Winter trug er selten mehr.

Genau vierzehn Minuten und vierzig Sekunden nach ihrem kurzen Abschied standen die Spieler Hartmann wieder gegenüber. Im Park.

Hartmanns Assistenten hatten einen Rundkurs zwischen den Bäumen aufgebaut. Dicke Medizinbälle aus Leder, Stricke, die von Ästen herunterhingen, und Kugelhanteln jagten schon beim bloßen Anblick Angst und Schrecken ein.

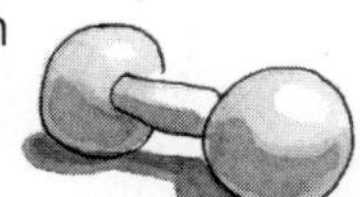

„Da ist der Folterkeller im London Tower ja gemütlicher", zischte Matti.

Hartmann räusperte sich lautstark. „Zirkel-Training", verkündete er. „An jeder Station sind andere Muskeln gefordert." Er grinste sein berühmtes Krokodilgrinsen. „Aber vorher machen wir uns warm …"

Die Truppe stöhnte. Jeder der dreiundzwanzig Jungen wusste, was ihr Trainer damit meinte. Murrend

rannten sie los. Hartmann lief mit der Stoppuhr neben ihnen her.
Nach zwei Kilometern pfiffen alle aus dem letzten Loch. Nur Hartmann trabte locker wie ein Fohlen. „Ich sehe, seit Ostern habt ihr die Zügel schleifen lassen. Ihr seid weich geworden. Müde Krieger. Aber ich werde euch schon wieder in Form kriegen. Eure Muskeln und die Lunge erinnern sich noch daran, was sie alles leisten können."
Eule rollte mit den Augen. „Der übertreibt mal wieder maßlos. Ich finde, wir halten uns ganz gut."
Hardy schnaufte. „Der will eben immer das Optimum aus uns rauskitzeln. Aber Knesebrecht ist letzte Woche noch die Pfeife aus dem Mund gefallen, als er meine Zeit beim Tausend-Meter-Lauf gesehen hat."
Hartmann räusperte sich. Er hatte alles mitgehört. „Das sind sie, die Pokale von gestern. Wertlos." Er grinste. „Aber keine Sorge, Männer, bis zum Endspiel seid ihr wieder fit wie Turnschuhe. – Wenn ihr so weit kommt ..."
Noah hob den Arm. „Kommen wir!" Um ein Zeichen zu setzen, ging er freiwillig zu den Medizinbällen.
Der Assistent erklärte ihm die Übung. „Auf den Rücken legen, Ball hinterm Kopf in die Hände nehmen und langsam aufrichten, bis das Leder die Zehenspitzen berührt."

Noah legte ordentlich los. Doch schon nach dem dritten Mal schmerzte sein Bauch wie die Hölle. Diese Übung war der fieseste Muskelfresser aller Zeiten! Jedem anderen Trainer hätte er einen Vogel gezeigt. Aber Hartmann war hart, Mann. Dem widersprach man nicht.

Außerdem dachte Noah an den Pokal. Und den wollte ihr Trainer genauso sehr gewinnen wie er selbst. Also biss er die Zähne zusammen und quälte sich weiter.
Auch die anderen Übungen hatten es in sich. Abends um sieben krochen die Jungs auf dem Zahnfleisch in den Speisesaal.

Eule schaffte es kaum, sein Tablett in den Händen zu halten. So sehr zitterten seine Oberarme.
Matti lief wie ein betrunkener Matrose.
Hardy klatschte sich aus Versehen Ketchup auf den Spinat.
Und Noah rempelte mehrmals Spieler aus Italien und Spanien an. Weil ihm die Kraft fehlte, an ihnen vorbeizugehen.
Nach dem stärkenden Abendessen aber fühlten sich alle besser.
Noah hatte sich gerade auf sein Bett geworfen und wollte die Augen schließen, als eine Faust gegen die Tür hämmerte.
Ein braunes Gesicht erschien, darunter ein T-Shirt mit der Flagge Brasiliens.
Noahs Herz machte einen Freudensprung.
„Come, come!", rief der Junge mit breitem Grinsen.
„We make party!"

KAPITEL 8

KURZE NACHT

Eine Party mit knapp zweihundert Jungs in ihrem Alter? Aus Argentinien, England, Japan. Aus Ghana, Spanien, Italien und Brasilien. Da ließ sich keiner zweimal bitten.

Die Härte des Trainings, die schmerzenden Muskeln, die lange Anreise, das klitzekleine bisschen Heimweh – alles war sofort vergessen.

Hardy sprang wie ein Balletttänzer auf die Füße.

Eule putzte seine ultradicken Brillengläser, bis sie dünn wie Klarsichtfolie waren.

Matti zog sich sein schönstes Trikot über.

Und Noah kämmte sich freiwillig.

„Komm endlich, du bist schön genug", feixte Matti. „Außerdem sind doch sowieso keine Mädchen da."

Eule nickte. „Genau, wir Männer sind unter uns!"

Wieder wurde die Tür aufgerissen. Diesmal hüpfte ein anderer Junge ins Zimmer. Er trug das blau-weiß gestreifte Trikot Argentiniens.

„*My name is Armando*", stellte er sich vor. „*Keeper!*" Er hopste durch den Raum, als wollte er einen Ball fangen. Dann grinste er noch breiter. „*Party! Party!*"

Matti zog Noah am Ärmel. „Los, die meinen es ernst. Fußballverrückte aus vier Kontinenten – das wird die Feier des Jahrhunderts!"

Draußen war die Party schon in vollem Gang. Die Jungs aus Ghana hatten traditionelle bunte Gewänder an. Ihre Betreuer schlugen auf bauchige Trommeln. Das Wummern dröhnte durchs ganze Haus.

Jay-Jay stand bei ihnen. Ein Junge mit Namen Kofi, der auch trommelte, lieh ihm ein Gewand. Jay-Jay strahlte übers ganze Gesicht. So glücklich hatte Noah ihn noch nie gesehen.

Eule warf sich ins Getümmel und tanzte ausgelassen mit.

Mehr und mehr Türen öffneten sich. Langsam zog die fröhliche Truppe die Treppe hoch in den vierten Stock. Auf halbem Weg kamen ihnen die Brasilianer entgegen. Auch sie hatten Instrumente dabei.

Augenblicklich verstummten die Afrikaner, tanzten aber weiter.

Die Südamerikaner übernahmen. Heizten die Stimmung mit ihren Samba-Klängen noch mehr an.

Noah spürte einen Stich im Herzen. Die Musik erin-

nerte ihn an seinen Vater. Samba tanzen war für ihn beinahe so wichtig wie Fußball.
Luiz hatte ihm die wichtigsten Schritte beigebracht, als Noah noch ein Kleinkind war. Wie bei einem Elfmeter wussten Noahs Arme und Beine sofort, was zu tun war.
Die Brasilianer klatschten sich lachend mit ihm ab. Besonders einer von ihnen wich Noah gar nicht mehr von der Seite. Der Spaßvogel hieß Felipe und konnte mit einem vollen Glas Saft auf der Stirn Samba tanzen.
Tanzend stampfte der Zug die Treppe hinunter. Im zweiten und ersten Stock kamen die Japaner und Argentinier dazu. Im Erdgeschoss warteten bereits die Engländer und Spanier.
Armando aus Argentinien hakte sich bei Hardy und Noah ein. Die beiden brachten ihm Schunkeln bei, wie auf dem Oktoberfest.
Felipe und Kofi, Eule und Matti lachten sich halb schlapp.
„Mann!", japste Eule. „So viel gelacht habe ich nicht mehr, seit meine Schwester mit Pudellocken vom Friseur kam!"
Später trug jede Nation ihre berühmtesten Lieder vor. Als Deutschland an der Reihe war, holte Yannick die Gitarre. Er spielte diese schrecklichen Schlager,

die alle aus dem Radio kannten. Fürchterliche Herz-Schmerz-Lieder. Aber wenn die Engländer aus voller Brust *„Ick liebe dick!"* sangen, war das einfach zum Schreien.

Plötzlich tauchte Hartmann auf der Party auf. Wie immer im Trainingsanzug.

Noah sah auf die Uhr. „Verdammt, schon halb elf! Das gibt Saures!"

Eule duckte sich hinter Hardy.

Hartmann sah sich das Getümmel einen Moment lang an. Dann hob er die Arme.

„Ruhe!", brüllte er in die Runde. *„Quiet, please!"*

„Verdammt, Leute", stöhnte Hardy. „Dafür gibt's morgen drei Extrarunden durch den Park."

Bei Hartmanns dritter Ermahnung verstummte auch der Letzte im Raum.

Hartmann musterte jeden Einzelnen. Dann tat er etwas, was niemand erwartet hatte. Er sprang auf den Tisch. Oben angekommen breitete er die Arme aus, öffnete den Mund und schmetterte ein Seemannslied.

Zehn Sekunden lang waren alle still. Dann brach ohrenbetäubender Jubel aus. Hartmann war der Star des Abends.

„Der ist immer wieder für eine Überraschung gut!", rief Matti über den Lärm hinweg.

7

Noah lachte. „Hartmann ist schon in Ordnung. Er quält uns ja nicht zum Spaß. Er weiß, dass wir nur mit Pferdelunge und Nashornmuskeln eine Chance haben."
Eule grinste. „Und mit deinen Kunstschüssen, Capitano."
Hartmann musste noch zwei Zugaben singen. Dann stieg er vom Tisch.
„Ab in die Betten, Männer!", kommandierte er gewohnt streng. „Morgen ist unser erstes Spiel. Gegen Argentinien. Wer auf dem Platz gähnt, dem trete ich so fest in den Hintern, dass er nach Hause fliegt!"
Murrend verkrümelte sich das deutsche Team auf die Zimmer.
Als Eule aus dem Bad kam, brachen Noah, Matti und Hardy in schallendes Gelächter aus. Eule trug einen Schlafanzug mit bunten Autos drauf.
„Den musst du morgen anziehen", beschloss Matti. „Dann haben die Argentinier keine Chance."

KAPITEL 9

ERSTES SPIEL

Kaum hatte Noah die Augen zugemacht, wummerte es schon wieder an die Tür.
„Aufstehen! Frühstück!"
Noah hielt es erst für einen Scherz, aber seine Uhr zeigte schon halb acht. Er reckte sich. Riss das Fenster auf und sah auf die Stadt.
Er war tatsächlich in London. Mit lauter coolen Jungs aus der ganzen Welt. Aber heute musste er die neuen Freundschaften vergessen. Zumindest für sechzig Minuten. Es wurde ernst.
Er gähnte dreimal. Pumpte Sauerstoff in seine Lunge. Machte zehn Kniebeugen. Nicht einfach bei dem Muskelkater. Dann erst fühlte er sich halbwegs fit für den Tag.
„Los, Leute!", rief er in den Raum. „Die Argentinier sind fällig!"
Eule zog sich die Decke über den

Kopf. „Spinnst du?", hörte man ihn gedämpft schimpfen. „Es ist doch noch mitten in der Nacht!"
Aber um acht Uhr waren dann doch alle pünktlich beim Frühstück. Und nach einem kurzen und knackigen Training verlas Hartmann die Mannschaftsaufstellung. Direkt auf dem Elfmeterpunkt.
Kaum zwanzig Meter von ihnen entfernt bildeten die Argentinier einen Kreis. Mit hellblau-weiß gestreiften Trikots. Sie nannten sich selbst *die Gauchos*, nach den berühmten, unerschrockenen argentinischen Cowboys.
In Noahs Bauch kribbelte es. Er liebte nichts mehr, als mit dem Ball am Fuß über einen Platz zu laufen. Zu Hause auf der Wiese und beim Training in Rohrbach machte es einen Riesenspaß. Aber wenn es ernst wurde, drehte er so richtig auf. Vergaß alles um sich herum. Sah nur noch den Ball, seine Mitspieler, das Tor des Gegners. Und der hieß heute tatsächlich Argentinien. Ungläubig schüttelte Noah den Kopf.
„Kneif mich mal!", zischte er Hardy zu. „Ich habe immer noch Angst, dass alles nur ein Traum ist."
Freundschaftlich boxte Hardy ihn mit seinem Handschuh. „Reicht das als Beweis oder soll ich dir noch einen Kinnhaken verpassen?"
Hartmann sah sie an. Mit seinem Blick konnte er Stahl zum Schmelzen bringen. „Wir müssen von An-

fang an konzentriert sein", wiederholte er. „Es wird im K.-o.-System gespielt. Wer heute verliert, muss nicht gleich nach Hause. Aber er spielt dann nur noch um Platz fünf bis acht. Also, Männer, haut rein! Wer hier gewinnt, steht automatisch bereits im Halbfinale."

Schädel und Noah standen im Mittelkreis, denn Deutschland hatte Anstoß.

Auf dem Platz war es ruhig. Auf der kleinen Tribüne drängten sich die Spieler der anderen Teams. Sie wollten ihre späteren Gegner sicher schon mal ausspionieren, ihre Taktiken studieren.

„Wir sind wie eine Wundertüte", sagte Noah zu Schädel. „Uns kann niemand durchschauen. Wir haben immer neue Tricks und Spielzüge auf Lager."

Schädel antwortete mit: „Yo!"

Dann erklang der Pfiff.

Noah spürte, wie ihm das Adrenalin durch die Adern schoss. Er wollte nach Brasilien. Das Dumme war nur: Die Argentinier wollten das auch …

Noah schob Schädel den Ball zu. Schon standen ihm zwei Gauchos auf dem Fuß.

Schädel spitzelte die Pille zurück.

Zum Glück war Matti im Mittelfeld auf Zack. Er spielte in den freien Raum, zog zwei Gegner mit nach außen und riss so eine große Lücke vor dem Kasten.

Schädel stand zum Einköpfen bereit, aber die Flanke war zu ungenau.

Armando, der Keeper der Gauchos, hatte aufgepasst. Sein weiter Abschlag landete vor Eules Füßen. Eule aber rutschte weg.

Ein Blau-Weißer nutzte die einmalige Gelegenheit. Umtanzte Jay-Jay, der zu Hilfe geeilt war, und zog ab. Volles Kanonenrohr.

Hardy sprang, bekam die Fingerspitzen noch dran, aber es klingelte zum 0:1. Und das schon in der dritten Minute.

Noah sah mit schlechtem Gewissen zur Außenlinie.

Doch Hartmann tobte nicht. Er klatschte in die Hände. „Super Angriff, Männer! Beim nächsten Mal ist er drin. Weiter so!"

Es ging blitzschnell hin und her. Schädel köpfte den Ausgleich.
In der zweiten Hälfte legte Argentinien noch einmal vor.
1:2.
Jay-Jay sorgte für den nächsten Treffer.
2:2.
Die Teams waren einfach ebenbürtig. Eigentlich hätte es zwei Sieger geben sollen. Aber der Fußballgott musste sich auf die Seite einer Mannschaft schlagen. Auf Noahs?
Es sah so aus. Matti wurde im Sechzehner gelegt.
Der Schiri pfiff. Klare Strafe: Elfmeter.
Noah trat an. Er versuchte, den Gauchos nicht in die Gesichter zu sehen. Letzte Nacht waren sie noch seine Freunde gewesen. Jetzt konnte er mit einem einzigen Schuss ihren Traum zerstören.
Armando im Tor ging in die Knie. Um besser nach Noahs Ball hechten zu können.
Noah sah sich noch immer mit ihm und Hardy schunkeln. Er konnte den Jungen doch unmöglich …
Noah schloss die Augen. Dachte an seinen Vater. Konzentrierte sich fest auf das Bild: Luiz und er im Stadion. Beim Endspiel in Brasilien.
Du machst den rein!, forderte er sich selbst auf. Nahm drei Schritte Anlauf.

Und haute den Ball humorlos in die Maschen.
3:2.
Deutschland war im Halbfinale!

KAPITEL 10

GEGNER KNACKEN

Am Abend wollte Noah nicht mit essen gehen. Er schämte sich, weil er die Argentinier rausgekickt hatte. Jetzt war es mit der Freundschaft sicher vorbei.
„Bringt mir irgendwas mit", sagte er zu Eule, Matti und Hardy. Dann ließ er sich seufzend auf seine Matratze fallen.
Aber so leicht ließ sich Eule nicht abwimmeln. Weder auf dem Fußballplatz noch sonst wo.
„Komm schon, Capitano!" Er zog Noah das Kopfkissen weg. „Keiner ist sauer auf dich. Ich habe den Torwart der Gauchos vorhin gefragt, ob er mit seinen Leuten bei uns am Tisch sitzen will. Er hat sich total gefreut und zugesagt."
Noah fiel ein Stein vom Herzen. Ach was! Ein ganzes Gebirge! Wie ein geölter Blitz schoss er die Treppen hinunter.
Als der Torwart ihn mit einer Umarmung begrüßte, war die Welt wieder in Ordnung.

„Muchas gracias!", stammelte Noah auf Spanisch. Das war alles, was von einem Urlaub auf Ibiza hängen geblieben war.

„Bitten sehr!", antwortete Armando lachend. Und dann wurde der Abend fast genauso schön wie der erste. Nur ohne Hartmanns Lieder.

Zu Jay-Jays Freude hatte auch Ghana gewonnen: 4:1 gegen Spanien.

Hartmann schien das gar nicht zu passen. „Unangenehmer Gegner ...", sagte er immer wieder und machte sich mitten im Getümmel jede Menge Notizen.

Am zweiten Tag trainierten sie bis zum Mittag. Dann folgte eine von Hartmanns geliebten Taktik-Besprechungen. Auf einer Tafel schob er schwarze und rote Magnete hin und her. Dabei erklärte er, wie er sich das Halbfinale vorstellte.

„Eule und Jay-Jay – ihr bildet die Flügelzange. Bei jedem Angriff will ich euch mit vorne sehen. Dann ist euer Platz fast bei der Eckfahne. Gleichzeitig müssen die Innenverteidiger hinten absichern. Und Yannick wird vor der Abwehr stehen, als klassischer Sechser. Nur so können wir die Afrikaner knacken."

Die Jungs nickten. Hartmann liebte modernen Fußball, bei dem niemand auf seiner Position kleben blieb. Stürmer mussten mit verteidigen, Verteidiger mit angreifen. Nur Hardy sollte im Tor bleiben.
Nach dem Essen sahen sie sich die restlichen Vorrundenspiele an. Brasilien gewann gegen Italien und Gastgeber England gegen Japan.
Zwischendurch trainierte Noahs Mannschaft Spielzüge. Bis zum Erbrechen.
„Ihr müsst euch blind verstehen!", feuerte Hartmann sie an. „Immer wissen, wo wer steht oder gleich auftauchen wird."
Am Mittwoch hatten alle spielfrei. Ein Tag zum Durchschnaufen, bevor die Halbfinale starteten.
„Können wir uns heute nicht mal die Stadt ansehen?", fragte Eule beim Frühstück. „Sonst kann ich zu Hause ja gar nicht angeben."
Zur ihrer großen Überraschung fand auch Hartmann die Idee gut. „Natürlich, das sollten wir tun. Abschalten ist wichtig. Kraft tanken. Für ein paar Stunden das morgige Spiel vergessen." Er grinste sein Krokodilsgrinsen. „Wenn ihr das Zirkeltraining in zwei Stunden durchzieht, ist der Nachmittag frei. *Deal or no deal?*"
„*Deal!*", brüllten ihm dreiundzwanzig Jungs entgegen. Tatsächlich schafften sie das Training sogar in einer Stunde und vierzig Minuten.

Auch das Mittagessen schlangen alle in Rekordzeit hinunter. Dann fuhren sie U-Bahn. Liefen an der Themse entlang. Besichtigten Big Ben, Westminster Abbey, den Tower. Und kauften bei Harrods, einem der größten Kaufhäuser der Welt, Mitbringsel für daheim.

KAPITEL 11

HALBFINALE

Der Donnerstag brachte die Halbfinale.
Lustlos stocherten Noah und Matti in ihren Cornflakes herum.
Auch Eule schien keinen rechten Appetit zu haben.
Ihr Freund Jay-Jay wirkte genauso bedrückt.
Ghana war ein schwerer Brocken. Das hatte Hartmann selbst gesagt. Waren sie wirklich gut genug?

Nur Hardy mampfte fröhlich vor sich hin. „Ich muss ja bloß rumstehen", nuschelte er zwischen zwei Bissen. „Ihr lasst die Jungs doch gar nicht erst in Tornähe kommen ..."

Noah war sich da leider nicht so sicher. Irgendwie rumpelte es in seinem Magen. Ein schlechtes Vorzeichen?

Zum Glück gab es morgens noch ein bisschen Ablenkung: das Spiel England gegen Brasilien.

Noah drückte Brasilien die Daumen. Natürlich.

Und es half. Brasilien tanzte ins Finale. Mit 5:4 warfen sie den Gastgeber raus.

„Jetzt sind wir dran", meinte Eule knapp.

Noah nickte. „Noch zwei Siege bis Rio. Oder eine Niederlage bis Rohrbach ..."

Matti spuckte in die Hände. „Das Endspiel der WM in der Glotze sehen? Damit gebe ich mich jetzt nicht mehr zufrieden. Ich werde kämpfen bis zum Umfallen. Wenn ich tot zusammenbreche, beerdigt mich unterm Mittelkreis."

„Yo!", sagte Schädel trocken.

Noah stand von der ersten Minute an unter Strom. Wie im Rausch erlebte er das Spiel. Die eingeübten Spielzüge saßen noch nicht perfekt. Aber das ein oder andere Mal verstanden sie sich tatsächlich schon blind.

Er liebte besonders die Kombinationen, die er mit seinen besten Freunden ablieferte: Abschlag Hardy auf Eule, Eule flitzt an der Seitenauslinie nach vorne, flankt auf Matti. Matti legt ab auf Noah.
Zwei-, dreimal gelang so eine Finte. Dann kam Noah endlich ungestört zum Abschluss.
Mit einer Körpertäuschung ließ er einen Verteidiger aussteigen. Zog Richtung Elfmeterpunkt. Wartete, bis sich der Torwart eine Ecke ausgesucht hatte. Und schob den Ball dann in die andere.
Zum Jubeln hob er nur den Zeigefinger und wackelte mit ihm hin und her. Aus Respekt vor Ghana.
Der Ausgleich fiel fünf Minuten später.
Kofi, der auf der Party die bauchige Trommel mit seinen Handflächen bearbeitet hatte, hatte genauso viel Gefühl in den Füßen. Leider.
Vor Jay-Jay blieb er kurz stehen. Trat auf den Ball, tänzelte nach links – und war an dem Verteidiger vorbei. Sein sehenswerter Heber senkte sich hinter Hardy ins Netz.
„Das machst du nicht noch mal mit mir, Bruder!", knurrte Jay-Jay.
Doch Yannick markierte nach einem Alleingang über dreißig Meter erneut die Führung.
So ging es in die Pause.
Hartmann war voll des Lobes. Drückte aber weiter

aufs Gaspedal. „Ihr macht das super, Männer! Nicht nachlassen. Wir haben sie im Griff!"

Leider hatte das Mittelfeld gleich zu Anfang der zweiten Halbzeit ein paar Aussetzer. Matti leistete sich einen haarsträubenden Querpass. Die Afrikaner nahmen diese Einladung gerne an. Weil Deutschland in der Vorwärtsbewegung war, hatten sie leichtes Spiel. Die Flanke kam butterweich in den Strafraum. Gleich vier der flinken Angreifer standen in Position. Schoben sich gegenseitig den Ball zu.

Dann war freie Bahn und Hardy geschlagen. Lautstark schimpfend griff er hinter sich.

„Schlaft nicht ein da vorne!", motzte er. „Ich hab ja schon acht Arme. Aber bei solchen Angriffen bräuchte ich zwölf!"
Doch nur sechzig Sekunden später schlug Kofi schon wieder zu.
Es stand 2:3. Ghana hatte das Spiel gedreht.
Noah lief über den ganzen Platz und stauchte seine Männer zusammen. „Ich gehe nicht als Verlierer vom Platz. Ist das klar?"
Hartmann bemerkte den Ernst der Lage ebenfalls. Er wechselte gleich zweimal.
Der lange Tom war mit den quirligen Stürmern völlig überfordert. Für ihn kam Phillip, ein kleiner Mittelfeldmann, aufs Feld.
Linus musste ebenfalls runter. Er hatte schon Gelb gesehen und eben noch mal gefoult. Beim nächsten Trikotzupfen würde er mit Gelb-Rot fliegen.
Nach kurzen Umstellungsschwierigkeiten zeigten die Wechsel Wirkung.
Besonders Phillip machte ordentlich Dampf. Gleichzeitig schottete er die linke Seite komplett ab. Die Afrikaner bissen sich an ihm die Zähne aus.
Dann brachen die letzten zehn Minuten an. Noah spürte es, ohne auf die Stadionuhr sehen zu müssen. Die Zeit lief ihnen davon. Sie brauchten zwei Tore. Mindestens eins.

Eule fütterte Schädel mit Flanken von außen. Aber das Kopfballungeheuer versiebte eine Hundertprozentige nach der anderen.
Als die halbe Mannschaft schon die Köpfe hängen ließ, kam er: Eules galaktischer Moment.
Hardy warf ihm lustlos den Ball zu. Hat ja doch keinen Zweck mehr, sagte sein Blick.
Eule reichte es! Anstatt genauso frustriert zurückzukicken, stürmte er nach vorne. Dreißig Meter, vierzig Meter, fünfzig Meter. Ohne langsamer zu werden. Jeder Schritt von Hartmanns Waldläufen schien sich nun bezahlt zu machen. Jeder Topfen Schweiß, den Eule vergossen hatte. Jeder Muskelkater.
Von der Eckfahne aus zog Eule nach innen. Schlug einen Haken. Ließ den Innenverteidiger aussteigen. Und drosch die Kugel ins Tor.
3:3!
Sofort danach war Schluss. Der Schiri pfiff gar nicht mehr an.
Eule hatte Deutschland im allerletzten Moment in die Verlängerung gerettet.
Hartmann kam aufs Feld gestürmt und fiel seinem Außenverteidiger um den

Hals. Als hätten sie den Sieg bei der Mini-WM schon in der Tasche.

Und dann nahm alles seinen Lauf. Als wäre ein Korken aus der Flasche geploppt.

Das Team aus Ghana hatte sich in den sechzig Minuten völlig verausgabt.

Noah und seine Männer aber hatten noch ordentlich Luft. Dank Hartmanns Endlosläufen.

Noah schoss noch zwei Tore.

Jay-Jay ebenfalls. „Ich kann's auch, Kofi!", sagte er grinsend, aber nicht überheblich. Die Jungs aus Ghana sollten schließlich seine Freunde bleiben.

Deutschland siegte mit 7:3 und stand im Finale.

Noah hielt es nun nicht mehr aus. Er schrieb seinem Vater die längste SMS seines Lebens. Von der Mini-WM. Von ihren Siegen. Vom Endspiel. Und vom Preis, der dem Sieger winkte.

Luiz rief sofort zurück. Er gratulierte ihm überschwänglich. Und er versprach ihm, dass all seine Nachbarn und Freunde Noahs Mannschaft die Daumen drücken würde. „Dann kann nichts mehr schiefgehen."

Nein, dachte Noah, dann *darf* nichts mehr schiefgehen …

KAPITEL 12

FAIRES SPIEL

Hartmann ließ seine Männer kurz jubeln, dann holte er sie zurück auf den Boden der Tatsachen.
„Wir haben noch nichts geschafft", ermahnte er sein Team. „Morgen fangen wir wieder ganz von vorne an. Der zweite Sieger ist der erste Verlierer!"
Anstatt mit ihnen weiterzutrainieren, bestellte er einen Bus. Wohin sie fuhren, verriet er nicht.
Als die Spannung ins Unermessliche gestiegen war, hielt der Bus an. Vor einem Stadion.
„Ich fasse es nicht!", stammelte Eule. „Das ist das größte Stadion, das ich jemals gesehen habe!"
„Hier werdet ihr morgen spielen", erklärte Hartmann. „Dreitausend Schulkinder werden kommen. Deutschland gegen Brasilien ist ein Klassiker. Auch wenn die Spieler erst neun und zehn Jahre alt sind. Vielleicht spielt ihr nur einmal im Leben vor so vielen Zuschauern."
Leider war niemand zu finden, der ihnen aufschlie-

ßen konnte. Aber sein Ziel hatte Hartmann auch so erreicht: die Spannung aufrechtzuhalten.
Kaum vierundzwanzig Stunden später standen sie an der gleichen Stelle. Diesmal allerdings *im* Stadion. Auf dem Rasen.
Tausende Zuschauer waren gekommen. Sie machten einen Heidenlärm. Von allen Seiten dröhnte das Geschrei zu den Spielern hinunter.
Noah, Eule, Matti, Hardy und die anderen fassten sich an den Händen.
Noah schielte nach links. Da standen die Brasilianer. Nur durch den Schiedsrichter von ihnen getrennt.
Die Nationalhymnen wurden gespielt.
Matti kriegte sich gar nicht mehr ein. „Wie bei den Spielen der Großen!"
Noah gab dem Kapitän der brasilianischen Mannschaft die Hand.
„Ein faires Spiel!", wünschte Noah. Den anderen kannte er noch von der Party: Felipe, der mit dem Glas auf der Stirn Samba tanzen konnte, ohne einen Tropfen zu verschütten. Jetzt waren sie also Gegner …
Felipe antwortete etwas auf Portugiesisch, was Noah nicht verstand. So viele Worte kannte er leider nicht. Er nahm sich fest vor, die Sprache seines Vaters zu lernen. Schließlich musste er doch die Freunde von

Luiz begrüßen können, wenn sie nach Rio kamen. Nach diesem Spiel. Nach dem Sieg.
Als der Pfiff des Schiedsrichters erklang, war Noah scharf wie eine Peperoni. Scharf auf den Sieg.
Felipe spielte zu seinem Mitspieler.
Der ließ Noah ins Leere laufen und kickte zurück.
Noah sprintete dem Ball hinterher. Schnitt Felipe den Weg ab.
Doch Felipe machte einen Trick, wie ihn nur Brasilianer beherrschen. Mit coolem Gesicht, als wäre diese Zauberei gar nichts Besonderes. Dann ließ er eine Körpertäuschung folgen – und war an Noah vorbei.
Noah kochte vor Wut. Zweimal hintereinander hatte er sich noch nie ausspielen lassen. Der Typ würde ihm nicht so leicht davonkommen.
Noah nahm Anlauf und grätschte Felipe zwischen die Beine.

Felipe fiel hin und rollte über den Platz. Mit schmerzverzerrtem Gesicht.
Der Schiri pfiff Freistoß. Wie durch ein Wunder beließ er es bei einer Ermahnung für Noah.
„Nicht zu viel Gas geben, klar?", schnauzte Yannick seinen Kapitän verärgert an. „Mit dem Auto fliegst du sonst aus der Kurve. Und beim Pöhlen vom Platz – nicht nach Rio!"
Auch Eule zeigte ihm einen Vogel. „Der Schiri weiß sicher noch nicht, wo er die Rote Karte hingesteckt hat. Sonst wärst du jetzt schon Zuschauer auf der Tribüne."
Noah nickte schuldbewusst. Seine Freunde hatten ja Recht. Zu viel Ehrgeiz war nie gut. Außerdem hatte er noch vor sechzig Sekunden ein faires Spiel versprochen.
Noah musste sich zusammenreißen. Auch wenn's schwerfiel. Denn die Brasilianer brannten ein wahres Feuerwerk ab.
Vom Applaus der Zuschauer angespornt, zeigten sie einen Trick nach dem anderen.
Oft standen sogar die Männer von Hartmann staunend daneben. Vergaßen glatt das Mitspielen. Die Abwehr um Jay-Jay und Eule hatte alle Füße voll zu tun.
Ein ums andere Mal bolzte Eule den Ball auf die Tri-

büne. Wusste sich anscheinend nicht anders zu helfen. Der Druck, den die Südamerikaner aufbauten, war gewaltig.
Dann aber passierte es doch: Ausgerechnet Felipe brach durch. Drehte sich zweimal um die eigene Achse. Wobei der Ball wie festgeklebt an seinem Schuh hängen blieb. Keine Chance, ihn wegzuspitzeln, ohne Foul zu spielen. Im Sechzehner!
Felipe machte noch eine Körpertäuschung und schickte Hardy so in die falsche Ecke.
Noch während Hardy im Sprung war, zischte der Ball über seine Beine hinweg.
0:1. Sie lagen wieder einmal im Rückstand.

„Kämpfen!", brüllte Hartmann.
Auch Noah feuerte seine Mitspieler an. „Die zaubern", rief er über den Platz, „aber wir können auch Fußball spielen!"
Sie versuchten es mit Leidenschaft und Kampfgeist. Aber nur Hardys Glanzparaden war es zu verdanken, dass es beim 0:1 blieb.
„Leute", schnaufte Eule in der Halbzeit, „Selbstbewusstsein ist ja gut. Aber diese Mannschaft ist eine Nummer zu groß für uns ..."
Normalerweise hätte Noah sich seinen Kumpel geschnappt und ihn zusammengestaucht. So durfte man niemals denken, wenn man in ein Spiel ging. Man musste sich immer sagen: Wir gewinnen das! Doch sein Gefühl sagte ihm, dass sie verlieren würden. Und bisher hatte es fast immer Recht behalten.

KAPITEL 13

SMS AUS RIO

Mit hängenden Köpfen hockte das deutsche Team in der Umkleidekabine.
Hartmann versuchte, seine Leute aufzubauen. „Männer!", ließ er seine Stimme dröhnen. „Welchen Spruch lassen die Reporter am häufigsten auf ihre armen Zuhörer los? Das Spiel hat neunzig Minuten! Hier sind es sechzig. Dreißig haben wir hinter uns. Rabenschwarze Minuten. Aber es könnte schlechter um uns stehen. 0:1 ist noch kein Weltuntergang!"
Doch die Mannschaft hatte der Mut verlassen. Die Brasilianer waren einfach übermächtig. In jedem Bereich besser.
Matti lachte bitter. „Ich hab dreimal nachgezählt, ob die nicht vierzehn Mann auf dem Platz hatten. Leider nicht."
Hardy stupste Jay-Jay an und sagte mit einem Augenzwinkern: „Kennst du vielleicht irgendeinen Voodoozauber, der uns jetzt weiterhelfen könnte?"

Jay-Jay grinste und antwortete, als könnte er nur gebrochen Deutsch: „Gutt, aber erst ich müssen bei weiße Mann Gehirn gesund hexen."
Doch selbst das munterte niemanden auf.
Gerade als Hartmann in die Hände klatschte, weil es weiterging, vibrierte Noahs Handy. Er bemerkte es nur aus Zufall, weil er auf seiner Jeans saß.
Er sah auf den Bildschirm. Eine SMS von seinem Vater – mit Foto! Er spürte einen Stich in der Brust. Warum hatte er Luiz nur so viel Hoffnung gemacht?
Hartmann winkte die Jungs energisch nach draußen. Aber Noah entschloss sich, die Nachricht noch zu lesen.

Hallo, Großer! Drücke dir heute die Daumen.
Und meine Nachbarn und Freunde auch.
Wir sehen uns in Rio!

Noah biss sich auf die Lippe. So einfach war das leider nicht.
Dann sah er sich das Foto an. Ihm wurde warm ums Herz.
Das Foto von Luiz zeigte ein Hochhaus in Rio. Und aus fast jedem Fenster hing eine deutsche Fahne! Auf dem größten Plakat war ein Bild von Noah in Fußballkleidung gedruckt.

Ihr schafft das, Noah!, stand darunter.
Noah spürte neue Kraft. Am anderen Ende der Welt glaubte jemand an ihn. Und kein Geringerer als sein Vater! Wie heiße Lava rann das Blut jetzt durch Noahs Adern. Nur ein Sieg konnte das Feuer jetzt noch löschen.
Noah ballte die Fäuste, bis er auf dem Platz war. „Wir gewinnen!", impfte er seinen Freunden ein. „Die erste Halbzeit gehörte denen. Aber die zweite uns. Wir haben viel mehr Luft!"
Er sah, wie gut seine Worte allen taten. Es ging ein Ruck durch die Mannschaft.
„Wir zeigen denen, was eine Harke ist, Capitano!", brüllte Eule kurz vor Wiederanpfiff.
„Yo!", antwortete Schädel.
Dann legten sie los. Wie sie noch nie gespielt hatten. Jeder ging den Extraschritt. Jeder rannte, bis die Muskeln brannten, die Lunge rasselte. Die Zunge bis auf den Rasen hing.
Die Brasilianer zauberten weiter. Aber immer häufiger blieben sie an den Deutschen hängen. Oft eroberten Noahs Männer den Ball bereits im Mittelfeld.
Drei, vier kluge Pässe schickten Noah und Schädel tief in die Abwehr des Gegners. Aber ein Tor wollte lange nicht gelingen.

Dann kam es zur Traumkombination. Fußball wie aus dem Lehrbuch.
Hardy legte seinen Abschlag haargenau in den Lauf von Jay-Jay.
Der sah gar nicht richtig hin, kickte den Ball nur quer über den Platz zu Eule.
Eule stand ganz allein. Keinen Gegner vor sich. Die hatten sich alle auf einen Angriff über Jay-Jay eingestellt.
Eule zeigte allen, was für ein Kerl in ihm steckte. Er hängte drei Gegner ab. Die Brasilianer waren bereits stehend k.o. Flankte dann zu Yannick.
Der lief ein paar Schritte, tankte sich durch, legte quer auf Matti.
Mit nur einer Ballberührung lief der Ball in die Spitze. Noah passte auf Schädel. Der packte den Hammer aus. Bog sein Bein nach hinten, bis die Ferse fast seine Haare berührte. Zog ab.
Und *Wumm!*, stand es 1:1.
Noah sah zur Stadionuhr. Noch drei Minuten zu spielen. Es lief alles auf eine erneute Verlängerung hinaus. Und wer da gewann, war Glückssache.
Noch hatten die Deutschen mehr Kraft. Aber ein einziger Geniestreich von Felipe und seinen Leuten konnte das Spiel entscheiden. Ein Kunstschuss und der Traum vom WM-Endspiel platzte.

Noah klatschte aufmunternd in die Hände. Vielleicht schafften sie es ja noch in der regulären Spielzeit?
„Vollgas!", schmetterte er über den Platz.
Die Zuschauer tobten. Erst hatte die Mehrheit Brasilien angefeuert, aber mittlerweile brüllten mindestens genauso viele: *„Germany!"*
In der ersten Reihe erkannte Noah seine Klasse. Doktor Knesebrecht stand auf seinem Sitz und brüllte, ohne Luft zu holen.
Dann kam der Moment, von dem Noah noch als Opa träumen würde.
Yannick schickte ihn mit einem genialen Pass in den Strafraum der Gegner.
Noah erlief den Ball. Hatte nur noch den Torwart vor sich, aber einen Verteidiger im Nacken. Spürte seinen heißen Atem. Hörte das Schnaufen.
Und doch: Er würde Noah nicht mehr einholen. Dieses Tor gehörte ihm. Und damit der Sieg!
Noah holte mit dem Bein aus – und blieb mit der Schuhspitze im Rasen hängen.

Verzweifelt versuchte er noch, den Ball mit links zu erwischen. Aber sinnlos. Er fiel wie ein gefällter Baum. Und das Leder rollte ins Toraus.
Noah schlug mit der flachen Hand auf den Boden. „Verdammt!"
Doch was war das? Warum brüllten alle Zuschauer so laut? Er sah auf.
Der Schiri kam über den halben Platz gespurtet. Mit ausgestrecktem Arm. Er zeigte auf den Elfmeterpunkt. Dabei war Noah doch nur gestolpert.

KAPITEL 14

DER ENTSCHEIDENDE SCHUSS

Matti, Yannick und Jay-Jay schlugen Noah auf die Schulter.

„Hau ihn rein!", befahl Schädel.

Hartmann umarmte seinen Assistenten am Spielfeldrand.

Noah grinste. „Klar!"

Doch dann bemerkte er Felipes Blick. Der brasilianische Kapitän sah ihn traurig an. Nicht böse, nicht gehässig. Damit hätte Noah umgehen können. Nein, Felipe war enttäuscht. Er hatte Noah für einen fairen Sportsmann gehalten – das konnte Noah spüren. Das Foul in der ersten Minute konnte er verzeihen, aber jetzt brach für Felipe eine Welt zusammen.

Augenblicklich fühlte Noah sich mies. Hatte er nicht vorhin noch ein faires Spiel gewünscht? Und jetzt betrog er den Gegner in einem entscheidenden Moment.

Na und?, schimpfte eine Stimme in seinem Kopf. *Du*

willst nach Rio. Jetzt hast du das Flugticket auf dem Schuh liegen. Musst nur reinballern, die Pille!

Noah nickte, als hätte wirklich jemand zu ihm gesprochen. Er legte sich den Ball zurecht. Dann spürte er einen Stich in der Brust. Wollte er wirklich so gewinnen?

Noah nahm drei Schritte Anlauf und ...

Kurz vor dem Schuss blieb Noah stehen. Der Torwart flog bereits durch die Luft, aber Noah nutzte die Situation nicht aus.

Er drehte sich um und ging zum Schiedsrichter.

Im Stadion wurde es mucksmäuschenstill. Tausende Menschen schwiegen gespannt.

„Das war kein Foul", beichtete Noah. „Ich habe in den Boden getreten. Sonst nichts. Kein Fußtritt, kein Zupfen am Trikot. Es muss Abschlag geben."

Der Schiedsrichter nickte und legte seine Hand auf Noahs Schulter. „Junge, du verdienst eine Medaille für Fairness." Dann zeigte er auf die Ecke des Fünf-Meter-Raums. Das hieß: Abschlag für Brasilien.

„Danke ...", murmelte Noah. „Der Pokal wäre mir lieber."

Noch eine Minute zu spielen.

Auch wenn seine Mannschaft ihm den Vogel zeigte. Auch wenn Hartmann draußen tobte, Noah fühlte sich besser.

Was nutzte ein Pokal, den man durch Mogeln gewann? Er hätte jeden Tag daran denken müssen, wie er die Brasilianer betrogen hatte. Für den Rest seines Lebens. Dann lieber verlieren.

Aber es waren ja noch einige Sekunden zu spielen. Der vierte Mann zeigte drei Minuten Nachspielzeit an. Drei Minuten konnten verdammt lang sein. Ganze Spiele wurden schon in kürzerer Zeit entschieden. Er hatte sie hundertmal auf DVD gesehen. Champions-League-Finale 1999. Bayern führt 1:0, dann kommt die Nachspielzeit, Manchester macht zwei Tore, ist Sieger.

Champions-League-Viertelfinale 2013. Neunzigste Minute: 2:1 für Málaga – Dortmund wird rausfliegen. Zweiundneunzigste Minute: 3:2 für Dortmund – sie stehen im Halbfinale.

So war es bei den Profis. Aber konnten solche Wunder auch ihnen passieren? Bei ihrer Mini-WM?

Beinahe sah es so aus. Aber auf der falschen Seite. Noch vom Elfmeterschock gelähmt, ließ Eule Felipe passieren.

Nur weil Hardy aufgepasst hatte, brannte nichts an. Er drosch den Ball über den halben Platz.

Die Brasilianer sahen flehentlich auf die Uhr. Sie konnten offensichtlich kaum noch einen Schritt tun. Liefen dem Ball nur halbherzig hinterher.

Auch Noah hätte sich am liebsten ins Gras geworfen, aber Matti gönnte ihm die Pause nicht.
Der Mittelfeldmotor geriet nicht ins Stottern. Hatte Bärenkräfte. Legte einen Zwanzig-Meter-Spurt hin und schoss die Kugel dann rüber zu ihm.
Noah stöhnte innerlich.
Doch dann brüllte eine andere Stimme in seinem Kopf: *Zeig's ihnen! Zeig allen, dass Gerechtigkeit siegt!*
Noah atmete tief durch. Spürte, dass alle Augen auf ihn gerichtet waren. Das war sein Moment. Seine allerletzte Chance. Gleich würde der Schiri abpfeifen. Er konnte den schrillen Ton schon förmlich hören.
Noahs Herz raste. Er täuschte einen Schuss an. Zog aber stattdessen an dem Verteidiger vorbei.
Der Torwart kam auf ihn zu. Breit wie ein Bär. Die Hände mit den Handschuhen wie Tatzen erhoben. Ein Hindernis wie der Himalaja.
In Noahs Kopf rasten die Gedanken. Normalerweise war er vor dem Tor cool wie ein Spaghettieis. Mit Nerven wie Drahtseile. Normalerweise aber hing an einem einzigen Schuss auch nicht das Schicksal von dreiundzwanzig Jungen. Der Traum von vier Freunden. Eine geniale Woche mit seinem Vater in Brasilien. Normal war hier gar nichts.

Noah täuschte links an. Der Torwart bewegte sich nach links.
Noah zog nach rechts. Der Torwart trippelte nach rechts. Und je näher Noah kam, desto höher wurde der Himalaja. Der Winkel immer spitzer.
Außerdem glaubte Noah hinter sich schon die überlisteten Verteidiger zu hören. Sie stampften nur mit einem Ziel durch das kurze Gras: ihm den Ball abzuluchsen.
Jetzt hatte er den Torwart erreicht und noch immer keine Idee. Wenn er den versiebte, würde ihm Hartmann den Kopf abreißen.
Noah versuchte, sein Gehirn auszuschalten. Er überließ die Sache seinem Körper. Haarscharf drückte er sich am Torwart vorbei, den Ball schirmte er mit seinem Rücken ab.
Dann schoss sein Fuß von alleine.
Tapp, tapp, setzte der Ball auf dem Rasen auf.
Jeder im Stadionrund hielt die Luft an. Die Flugzeuge stoppten ihre Flüge. Die Autos auf den Straßen von London ihr Gehupe. Nur das Geräusch einer Lederkugel war zu hören.
Tapp, tapp.
Zu weit nach links!, ahnte Noah. Der verdammte Ball sprang genau auf den Pfosten zu.
Plopp!, machte der Ball, als er den Pfosten traf. Kurz

sah es so aus, als wollte er dort liegen bleiben. Doch vom Aluminium aus rollte er noch ein paar Zentimeter weiter. Bis er wirklich liegen blieb.
Keiner regte sich. Der Schiedsrichter sprintete an allen vorbei zum Tor der Brasilianer. Er legte sich mit dem Kopf auf die Torlinie. Betrachtete den Ball von jeder Seite.
Dann zeigte er auf den Mittelkreis und pfiff. Der Ball hatte die Linie mit vollem Umfang überschritten. Tor für Deutschland!
Zehn Sekunden lang stand Noah einfach nur da. Konnte es kaum glauben. Er hatte soeben das 2:1 geschossen. Ein ehrliches Tor, kein geklautes. Alle Mitspieler stürzten sich auf ihn.

Unter einer Traube von Jungs begraben, sackte Noah zusammen. So bemerkte niemand die Tränen, die seine Wangen hinunterrollten.
An Silvester hatten sie sich geschworen, nach Rio zu fliegen. Zum Endspiel der WM. Mit diesem Schuss, mit diesem Tor, hatte er die ganze Mannschaft in den Himmel gehoben. In den Flieger nach Brasilien.
Als Noah wieder etwas Luft bekam, wischte er sich das feuchte Gesicht trocken. „Leute, ich fasse es nicht. Wir fahren zur WM!"

KAPITEL 15

DER GRÖSSTE TRAUM ALLER ZEITEN

Der Jubel im Maracanã-Stadion von Rio de Janeiro war ohrenbetäubend.
Da kamen sie, die Spieler. Wie Gladiatoren in Rom. Umjubelt, geliebt, verehrt.
Zweiundzwanzig Männer in kurzen Hosen bauten sich in einer Reihe auf. Für jeden von ihnen brachen mit dem Pfiff des Schiedsrichters die wichtigsten neunzig Minuten seines Lebens an. Es ging um alles oder nichts. Ruhm und Ehre. Oder den Trostpreis: eine schlappe Medaille.
Nichts hielt Noah auf dem Sitz. Er wollte keine Bewegung seiner Helden verpassen.
Luiz stand neben ihm. Sein Vater.
Gestern, am Flughafen, hatte Noah ihn nicht sofort wiedererkannt. So fremd war sein Vater ihm geworden. Aber schon nach wenigen Minuten hatten sie wieder genauso herumgealbert wie früher in ihrem Haus auf dem Dorf.

Luiz lud sofort die gesamte Mannschaft zu sich ein. Alle Betreuer und natürlich auch Hartmann. Zur Riesenparty im Hinterhof seines Wohnhauses.
Wieder hing Noahs Plakat aus dem Fenster. Der Rest des Hauses war mit Fahnen von allen WM-Teilnehmern geschmückt.
Noah hatte tatsächlich ein paar Sätze Portugiesisch gelernt.
Stolz hatte er den Freunden seines Vaters von dem Silvester-Schwur berichtet. Wie Eule, Matti, Hardy und er es in einem halben Jahr geschafft hatten, einen Traum wahr werden zu lassen. Den größten Traum aller Zeiten!
Luiz war ihm mit der Hand über den Kopf gefahren. „Hab ich es dir nicht gesagt, mein Großer?", wiederholte er immer wieder mit Freudentränen in den Augen.
Bis in die Nacht hinein hatten sie brasilianische Spezialitäten gegessen, frisch gepresste Fruchtsäfte getrunken und natürlich Samba getanzt.
Zu später Stunde hatte sich Hartmann sogar überreden lassen, noch einmal seine Seemannslieder zu schmettern.
Noah hatte bei seinem Vater übernachtet. Klar. Der Rest der Mannschaft in einem piekfeinen Hotel in Stadionnähe.

„Da waren lauter Reporter, die wir aus dem Fernsehen kennen", sprudelte Eule hervor.
Eule, Matti und Hardy hatten natürlich die Sitzplätze auf der anderen Seite von Noah.
Als die Nationalhymnen gespielt waren, kramte Eule einen Zettel aus der Tasche. Den Zettel mit ihrem Schwur von Silvester.
Nicht das Original, denn das hatten sie in der Nacht der Nächte mit einer Rakete in den Himmel geschossen. Sondern die handschriftliche Kopie, die seit Jahresanfang in ihrem Bauwagen gehangen hatte.
„Hier ist der Beweis", sagte er feierlich. „Träume werden wahr, wenn man nur fest genug an sie glaubt."
Noah nickte und sah zu seinem Vater. „Nicht nur im Fußball …"
Dann nahm der Schiedsrichter die Pfeife in den Mund.
Luiz legte Noah den Arm um die Schulter, zog ihn fest an sich.
Egal, wie das Spiel ausgehen würde, das hier war definitiv der schönste Tag in Noahs Leben.
In der Halbzeitpause trat Hartmann an Luiz heran.
„Im Namen des ganzen Teams wollte ich mich noch einmal für das gestrige Fest bedanken", sagte er gut gelaunt. „Und Ihnen zu Ihrem Sohn gratulieren."
Luiz strahlte über das ganze Gesicht.

Hartmann strich Noah über den Kopf. „Aus Noah wird einmal ein ganz besonderer Spieler." Er lächelte Noah an. Nicht wie ein Krokodil, sondern wie ein stolzer Trainer.
„Nein", verbesserte Hartmann sich dann, „das ist er bereits."
Noah war zum Platzen stolz. Ein Lob aus dem Mund von Hartmann zählte doppelt, ach was, zehnfach!
„Ein Mann alleine kann kein Turnier gewinnen", sagte Noah bescheiden.
Hartmann nickte. „Richtig, ihr alle habt ein Riesenlob verdient. Von euch wird man noch viel hören, da bin ich sicher."
Noah hielt ihm die Hand hin. Wie es Ehrenmänner in Filmen immer taten. „Herr Hartmann, das verspreche ich. Hoch und heilig! Ich kann es kaum erwarten, wieder zu Hause auf dem Platz zu stehen und mit den besten Fußballern der Welt zu kicken."
Hartmann schlug ein. „Neue Spiele? Neue Abenteuer?"
Noah sah zu Eule, Matti und Hardy herüber. „Oh, ja, darauf können Sie Gift nehmen!"

© Milena Paulovics

Fußball war schon immer *THiLOs* Leidenschaft. Mit neun Jahren schoss er als Stürmer unzählige Tore und war Mannschaftskapitän. Heute schreibt er Geschichten für Kinder und Drehbücher fürs Fernsehen. Für seinen Roman zum Film „Wickie und die starken Männer" gewann er den österreichischen *Buchliebling*. Seine Lieblings-mannschaft: Mainz 05. Da steht er jede zweite Woche im Stadion.

Mehr über THiLO gibt es unter
www.thilos-gute-seite.de

© Klaus Pollmeier

Kaum einer bringt Ballkünstler so treffsicher aufs Papier wie *Jürgen Rieckhoff*. Sein Handwerk lernte er in Hamburg an der FH für Gestaltung. Heute illustriert er Kinderbücher und lehrt als Professor der Hochschule Anhalt Zeichnen und Darstellungstechnik. Im Gegensatz zu seinem Hund und seiner Katze jagt er selbst keinen Bällen hinterher. Aber er drückt seinen Lieblingsvereinen HSV und FC St. Pauli bei jedem Spiel fest die Daumen.